© Éditions Nathan (Paris-France), 1998 pour la première édition.
© Éditions Nathan (Paris-France), 2006 pour la présente édition.
Conforme à la loi n°49.956 du 16 juillet 1949
sur les publications destinées à la jeunesse.
ISBN : 2-09251158-0
N° éditeur : 10128947-Dépôt légal : avril 2006
Imprimé en France - par Pollina - n°L99672D

Conte de Grimm
Illustré par Nathalie Novi

La Belle au bois dormant

LA BELLE AU BOIS DORMANT

Il était une fois un roi et une reine qui auraient pu vivre heureux, s'ils ne s'étaient dit chaque jour : « Ah ! comme nous aimerions avoir un enfant ! » Hélas ! jamais leur vœu ne se réalisait, et ils étaient très tristes.
Un matin, alors qu'elle se baignait dans un étang voisin, la reine répéta à voix haute :
– Ah ! comme j'aimerais avoir un enfant !

Et à sa grande surprise, elle vit une grenouille sauter hors de l'eau et lui crier :
– Ne t'inquiète pas ! Avant qu'une année soit passée, tu mettras au monde une fille !
Ce que la grenouille avait prédit s'accomplit, et la reine eut une fille. Elle était si jolie que le roi, fou de joie, décida de faire une grande fête.

Il n'invita pas seulement ses parents et ses amis, mais il convia aussi les fées, pour qu'elles protègent son enfant.
Il y avait treize fées dans le pays, mais comme le roi n'avait que douze assiettes d'or, l'une d'elles ne fut pas invitée !

LA BELLE AU BOIS DORMANT

LA BELLE AU BOIS DORMANT

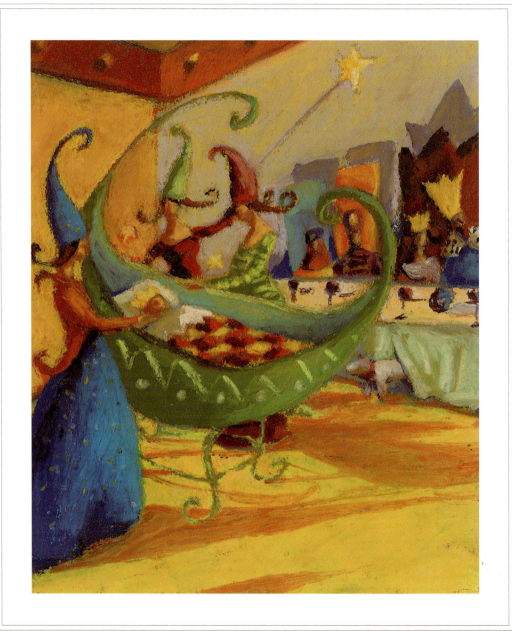

La fête fut somptueuse et très joyeuse, le repas, délicieux ! Lorsqu'elles eurent fini de manger, les fées se levèrent de table pour aller offrir à l'enfant leurs dons merveilleux : la première lui offrit la beauté, la deuxième, la richesse, la troisième, la gentillesse, la quatrième, le don de musicienne... Et c'est ainsi que la princesse était en train de recevoir toutes les qualités dont on peut rêver ! Onze dons venaient d'être offerts, quand soudain, la treizième fée, celle qui n'avait pas été invitée, fit irruption dans la salle.

Elle était furieuse d'avoir été oubliée, et elle cria d'une voix mauvaise :
– Lorsqu'elle aura quinze ans, la princesse se piquera le doigt avec un fuseau et tombera morte !
Tous les invités étaient effrayés. On se mit à pleurer...

Mais la douzième fée, qui avait encore un don à faire, s'approcha et dit :
– Je n'ai pas le pouvoir de défaire le mauvais sort, mais je peux l'adoucir : quand la princesse se piquera, ce n'est pas dans la mort qu'elle sombrera, mais dans un profond sommeil qui durera cent ans !

LA BELLE AU BOIS DORMANT

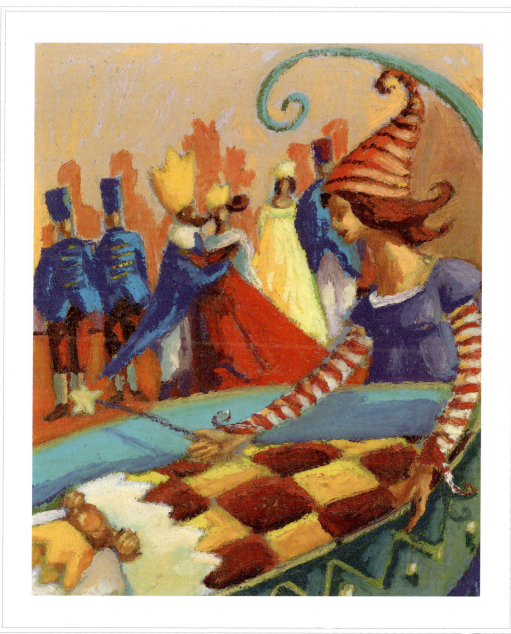

LA BELLE AU BOIS DORMANT

Le roi qui voulait protéger sa fille de ce terrible malheur fit aussitôt publier l'ordre de brûler tous les fuseaux du royaume.

Les années passèrent, la princesse grandit, et grâce aux dons des fées, elle était devenue si belle, si douce, si intelligente... que tous ceux qui la voyaient l'aimaient aussitôt.

Le jour de ses quinze ans arriva, et ce jour-là, le roi et la reine durent sortir. La princesse, restée seule, en profita pour se promener et visiter tous les recoins du château. Elle arriva devant un vieux donjon, grimpa l'escalier en colimaçon et se trouva devant une petite porte couverte de poussière.

Dans la serrure, elle vit une clé rouillée ; elle la tourna, la porte s'ouvrit...
La fille du roi découvrit une petite pièce sombre où une vieille femme était en train de filer.
La jeune fille s'approcha.
– Bonjour, dit-elle. Que faites-vous là ?
– Je file, ma belle enfant, je file, dit la vieille en hochant la tête.
– Qu'est-ce donc que cette chose qui sautille si joyeusement ?
La princesse saisit le fuseau et elle se piqua immédiatement.

LA BELLE AU BOIS DORMANT

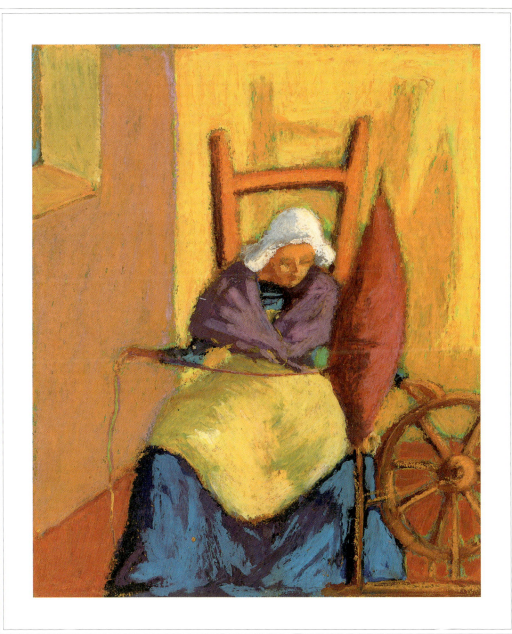

Comme il était prédit, elle tomba endormie.
Aussitôt son sommeil se propagea à tout le château.
Le roi et la reine, qui revenaient justement,
s'endormirent en entrant dans la grande salle, et
toute leur suite avec eux.
Alors les chevaux s'endormirent dans les écuries,
les chiens dans la cour, les pigeons sur les toits,
les mouches contre les murs. Le feu qui flambait
dans la cheminée s'éteignit, le rôti cessa de rissoler
et le cuisinier, qui allait tirer les oreilles
du marmiton, s'arrêta, pris par le sommeil. Le vent
cessa de souffler. Sur les arbres devant le château,
plus une seule feuille ne bougeait. Tout dormait !

LA BELLE AU BOIS DORMANT

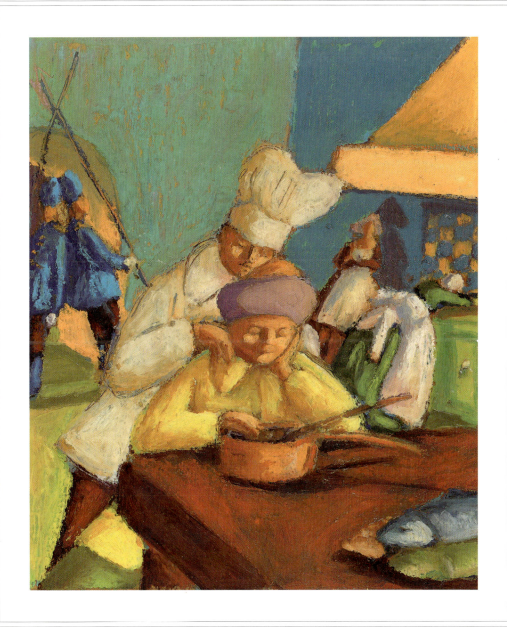

Bientôt une petite haie d'épines se mit à pousser tout autour du château. D'année en année, elle devint plus épaisse, plus touffue, et rapidement, elle fut plus haute que le château, dont on ne vit plus rien, pas même la girouette sur le toit.

Au bout de longues, longues années, un fils de roi passa par-là, et il rencontra un vieil homme qui lui raconta l'histoire de la Belle au bois dormant.

– Je n'ai pas peur ! dit le jeune homme. Je veux traverser la haie d'épines et voir la princesse endormie.

LA BELLE AU BOIS DORMANT

Or, les cent ans s'étaient justement écoulés...
Le jour était venu où la Belle devait se réveiller.
Quand le prince s'approcha de la haie d'épines, il ne vit que de magnifiques fleurs qui s'ouvraient devant lui pour lui faire un passage, puis se refermaient aussitôt derrière lui pour refaire une haie.
Il arriva dans la cour et vit les chiens endormis.

Dans le château, il remarqua le cuisinier avec sa main levée, la servante prête à plumer une poule rousse...
Le jeune homme pénétra dans la grande salle :
le roi et la reine étaient allongés près de leur trône, dans leurs habits de cour.

LA BELLE AU BOIS DORMANT

Le prince continua sa visite. Ses pas résonnaient dans le silence du château assoupi.
Enfin il arriva devant le donjon, monta l'étroit escalier, poussa la porte et découvrit la princesse endormie. Comme elle était jolie !

Il resta longtemps à l'admirer, puis il se pencha et lui donna un baiser. À peine l'avait-il embrassée qu'elle s'éveilla et le regarda en souriant.
– Est-ce vous mon prince ? dit-elle. Vous vous êtes bien fait attendre !
Puis, elle se leva, et ils allèrent ensemble dans la grande salle. Le roi s'éveillait, ainsi que la reine et toute la cour. Tout le monde se regardait avec de grands yeux étonnés.

LA BELLE AU BOIS DORMANT

LA BELLE AU BOIS DORMANT

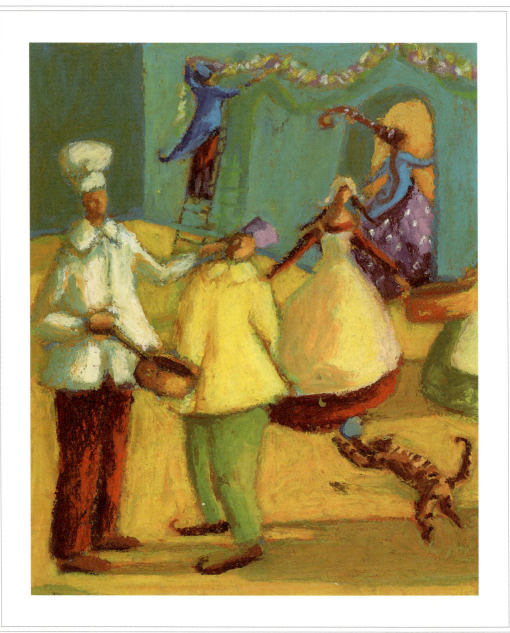

Dehors, les chiens bondirent et les pigeons
s'envolèrent. Les chevaux hennissaient. Les mouches
reprirent leur marche sur les murs. Dans la cuisine,
le feu se ralluma et fit cuire le repas ; le rôti se remit
à rissoler ; le cuisinier tira enfin l'oreille du marmiton ;
la servante put plumer sa poule rousse.
La vie était revenue : on s'activa, on prépara, et dès
que le château eut retrouvé toute sa splendeur,
le mariage du prince et de la princesse fut célébré.
Il y eut une grande fête ; elle fut si belle et si joyeuse
que personne depuis ne l'a oubliée !

Regarde bien ces images de l'histoire.
Elles sont toutes mélangées.
Amuse-toi à les remettre dans l'ordre !

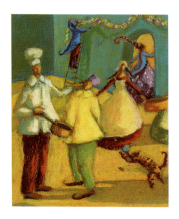
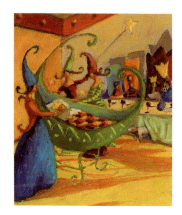

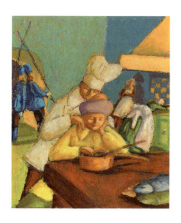